Sous presse, pour paroître le 15 août proch

Le LAVATER des DAMES , ou l'Art de connoîtr Femmes sur leur physionomie, 1 vol. in-16 avec 30 p ches coloriées. (Le prix en sera de 3 fr. et 3 fr. 50 c. f de port pour les départemens.)

Chaque planche, dessinée et gravée avec soin, offrira physionomie caractéristique.

LE LAVATER

PORTATIF.

DE L'IMPRIMERIE DE LA Ve JEUNEHOMME,

RUE DE SORBONNE, N° 4.

I. G. Lavater

LE LAVATER

PORTATIF,

O U

PRÉCIS DE L'ART DE CONNAITRE LES HOMMES PAR LES TRAITS DU VISAGE;

A V E C

TRENTE-TROIS PLANCHES.

Seconde Édition corrigée et augmentée.

~~~~~~

A PARIS,

Chez Madame Veuve Hocquart, Libraire,
Rue de l'Éperon, N° 6.

1808.

LE LAVATER
PORTATIF.

L'HOMME est certainement le plus bel ouvrage du Créateur ; chacune de ses pensées, chacune de ses affections, a des traits extérieurs qui lui correspondent, leur langage expressif devance la parole et l'anime : ils devroient être le miroir de son ame ; mais l'homme vicieux a appris à feindre, il tâche de renfermer en lui ses passions, ses vices ; il essaie de remplacer l'expression du crime par celle de la vertu : l'hypocrisie vient à son secours, mais en vain, son être intellectuel modifiant presque toujours son être physique, car certainement les habitudes de l'ame influent sur les traits extérieurs ; cette vérité a donné naissance à la *physiognomonie*.

1

Presque tous les hommes font un usage journalier de cet art, mais de quel art ! de cette physiognomonie incertaine que donne, jusqu'à un certain point, l'usage du monde : ils ignorent les règles sur lesquelles elle est fondée ; le déplaisir que leur cause tel visage leur suffit quelquefois pour condamner celui qui le porte. Quels jugemens ! Il appartenait à l'homme instruit, au véritable philantrope, de les rectifier. *Lavater* a entrepris ce grand ouvrage ; ses profondes recherches, le desir d'être utile à ses semblables, lui ont appris à connoître l'homme, à définir jusqu'à quel point son caractère moral peut être empreint sur son visage ; il a créé un art nouveau, il a marché dans une route peu frayée ; peut-être a-t-il été trop loin lorsqu'il a cru pouvoir déterminer le caractère des hommes par la forme des mains, des oreilles, etc., lorsqu'il a as-

signé à ces parties une expression particulière dont elles ne sont pas susceptibles ?
Ses jugemens sont quelquefois hasardés,
surtout lorsqu'ils reposent sur de pareilles
bases, mais ce ne sont que des taches
légères, et *Lavater* sera toujours le guide
de celui qui cherche la vérité.

Des hommes célèbres de l'antiquité,
tels que *Galien*, *Aristote*, *Polémon*, *Ada-*
mantius et beaucoup d'autres, avaient déjà
traité cette matière ; mais toute leur science
ne reposait que sur de bien faibles bases ;
quelques signes vagues tirés de la forme
des membres, la ressemblance de quelque
partie du corps de l'homme avec celle
des animaux, suffisaient pour asseoir leur
opinion ; leurs écrits, sur cette matière,
ne sont que des tissus de contradictions
et de rêveries ; leur doctrine physiogno-
monique est semblable à ces anciennes re-
cettes empiriques, assemblage monstrueux

de mille médicamens dont l'effet se dé-
truit réciproquement; leurs remarques
n'étaient pas plus sûres que ne le serait
la guérison d'un malade opérée par de
tels remèdes; on a droit de s'en étonner ,
car l'esprit d'observation était générale-
ment répandu parmi eux.

Et quoique , plus près de nos jours ,
Porta ait cru peut-être entrevoir la vérité
dans ces absurdités , et les ait rassemblées
dans son Traité sur la Physionomie, on
ne les en a pas moins oubliées.

Une autre méthode physiologique , non
moins ridicule , et dont les fondemens sont
encore plus futiles , a remplacé celle des
anciens ; ce n'est plus d'après la ressemblance des hommes avec les animaux, ce
n'est plus d'après la forme de leurs membres, qu'on prétend les juger, mais d'après
quelques proéminences et quelques con-
cavités du crâne, invisibles à tous les yeux,

et qui, peut-être, n'existèrent jamais que dans le cerveau de celui qui inventa cette étrange doctrine.

Mais ne nous écartons point de notre but et revenons à un sujet plus utile.

Nous allons passer à l'analyse des diverses parties qui composent le visage de l'homme et nous tâcherons de ne donner que des assertions fondées sur des raisons physiques: il est cependant des phénomènes physiologiques que l'on ne peut expliquer ; mais comme l'expérience la plus sévère en a confirmé la vérité, les passer sous silence serait nous exposer au reproche de pirrhonisme.

DE LA TÊTE.

UNE grosse tête, avec un petit front triangulaire, annonce un *esprit dénué de sens.*

Une tête, dont le crâne est chargé de graisse et de chair, dénote ordinairement un *esprit borné*; et à plus forte raison si cette tête est petite et ronde, alors elle annonce une *stupidité* d'autant plus excessive, qu'elle a des prétentions à l'esprit.

L'occiput comprimé, ou plutôt offrant une concavité, indique un *esprit faible*, quelquefois *opiniâtre* et toujours *borné.* (Voyez *planche V*).

DU FRONT.

C'est par sa forme et sa capacité que l'on peut juger de la mesure de l'intelligence de l'homme.

Un front doucement arqué et n'offrant

aucun angle, annouce la *douceur*; souvent il dénote un *esprit dénué d'énergie*. (Voy. *pl. XXIV.*)

Un front ouvert, uni, indique la *paix de l'ame*; quand il est ridé, sillonné, il décèle les *orages des passions*, le *trouble de l'ame*, la *vieillesse*; mais dans ce dernier cas, les rides sont plus régulières, moins interrompues et ne s'approchent pas autant des yeux.

Lorsque les rides n'occupent que la partie supérieure du front, elles donnent à la physionomie un air étonné qui approche quelquefois de la *niaiserie.*

Des rides perpendiculaires au front promettent une *grande énergie* et de l'*application*; mais lorsque ces mêmes rides sont coupées par d'autres, elles dénotent le contraire.

Un front rempli de nœuds et de protubérances irrégulières, caractérise le *tempérament colérique*. (Voy. *pl. XXII.*)

Lorsqu'à la jonction du nez avec le front se trouvent des rides horizontales, on doit s'attendre à un caractère *dur*, *insensible*. (Voy. *pl. VIII.*)

De profondes incisions perpendiculaires entre les deux sourcils, appartiennent à des gens de *beaucoup d'esprit*, pourvu, toutefois, qu'elles ne soient pas balancées par d'autres, positivement contradictoires.

Lorsque la veine frontale paraît distinctement au milieu d'un front ouvert, uni et régulièrement voûté, elle annonce des *talens extraordinaires*.

Lorsque le front forme une perpendiculaire complète, des cheveux aux sourcils, il dénote un *manque total d'esprit*. (Voy. *pl. V.*)

Si cette même perpendiculaire est voûtée vers le haut, il promet un *esprit profond, réfléchi, froid*. (Voy. *pl. XV.*)

Lorsque le front est arrondi et proéminent, comme celui de la plupart des enfans, il indique un *esprit faible* ; et s'il est très-proéminent, il dénote le *comble de la stupidité*.

Si vers le haut il est arrondi , un peu saillant , et descendant en ligne droite, il promet un *grand jugement*, un *esprit irritable*, mais un *cœur de glace* ; souvent un tel front *caractérise le mélancolique*.

Un front étroit dénote ordinairement un *esprit indocile*.

Lorsqu'il est penché en arrière, on doit s'attendre à un *caractère fougueux et peu réfléchi*, surtout si les os des yeux ne forment pas une saillie très-remarquable. (Voy. *pl. XXV*.)

Les fronts hauts annoncent un *naturel capricieux*.

L'os de l'œil saillant et bien prononcé promet de *l'aptitude pour les travaux de l'esprit*.

DES SOURCILS.

Des sourcils minces sont une *marque infaillible de flegme*. (Voy. *pl. XIII.*)

S'ils sont horizontaux, ils indiquent un *caractère mâle et vigoureux*. (Voy. *pl. VII.*)

Lorsqu'ils sont en partie horizontaux et en partie courbés, ils annoncent l'*énergie* et l'*ingénuité*.

Des sourcils placés fort haut dénotent presque toujours un *esprit incapable de réflexion*.

Une grande distance d'un sourcil à l'autre promet une *conception aisée*, un *esprit calme et tranquille*.

Plus les sourcils s'approchent des yeux, plus le caractère devient *solide et réfléchi*.

Des sourcils entrecoupés, anguleux, annoncent un *esprit productif*.

Lorsqu'ils sont rudes, en désordre, ils sont les marques d'une *grande vivacité*.

Des sourcils épais, compactes, bien rangés et pour ainsi dire tirés au cordeau, indiquent presque toujours un *jugement solide*, un *sens droit et rassis*.

DES YEUX.

Ce sont les yeux qui expriment particulièrement les mouvemens de l'ame, ce sont eux qui dénotent les sentimens du cœur.

Des yeux bleus appartiennent souvent au *flegmatique*, ils annoncent quelquefois la *faiblesse*, la *mollesse*.

Des yeux noirs dénotent l'*énergie*.

S'ils sont verdâtres, ils indiquent souvent le *tempérament colérique* ; alors les paupières sont rouges, reculées et échancrées. (Voy. *pl. XXII.*)

Quand ils sont aigus du côté du nez, ils promettent de l'*esprit* et de la *finesse*.

Des yeux dont la paupière supérieure

coupe diamétralement la prunelle, annoncent la *finesse* et la *ruse*.

DU NEZ.

Le nez n'est pas susceptible de beaucoup d'expression ; cependant, par sa forme et sa position, respectivement aux autres parties du visage, il fournit des caractères certains.

Un nez aquilin annonce un *caractère impérieux*, des *passions ardentes*. (Voy. *pl. XXV.*)

Un nez dont l'épine est large promet des *qualités supérieures*. (Voy. *pl. VII.*)

Quand les ailes du nez sont mobiles et bien dégagées, il indique un *penchant a la sensualité.*

Un nez courbé à sa racine annonce un caractère *né pour commander, ferme dans ses projets, ardent à les poursuivre*. (Voy. *pl. XI.*)

Des narines petites décèlent un *esprit timide*.

Un nez pointu appartient à *l'homme colérique*. (Voy. *pl. XXII.*)

DE LA BOUCHE.

C'est la bouche qui caractérise particulièrement la physionomie, elle exprime presque toujours l'état intérieur de l'ame; c'est le trait le plus expressif du visage; il serait impossible d'en fixer les délicates nuances.

Une bouche dont les lèvres sont épaisses, charnues, dénote la *sensualité*, la *paresse*; elle caractérise toujours le *flegmatique*. (Voy. *pl. XIII.*)

Une bouche souvent fermée, des lèvres serrées, fortement prononcées, appartiennent à l'*avare*. (Voy. *pl. XIX.*)

Lorsque la lèvre inférieure déborde, elle

annonce une *froide bonhomie*. (Voyez
pl. XIV.)

Une bouche resserrée , dont le bord des
lèvres ne paraît pas, promet un *esprit appliqué* , *ami de l'ordre* et de la *propreté*. (Voy.
pl. IV.) Si cette même bouche remonte
aux deux extrémités, *affectation*, *préten-
tion* , *vanité*, *malice*.

Une grande distance de la bouche au
nez dénote un *défaut de prudence*.

Des lèvres grosses, prononcées et bien
proportionnées, désignent un caractère *incompatible avec la fausseté*, *la méchanceté et
la bassesse*, mais *enclin à la volupté*.

DU MENTON.

Un menton avancé, proéminent, annonce toujours l'*énergie*. (Voy. *pl. XX.*)
Lorsqu'il est pointu, il dénote souvent la
ruse. (Voy. *pl. I.*)

Si , au contraire , il recule , il indique un caractère *dénué de force.*

Lorsque sa forme est angulaire , il promet un *esprit sensé* , un *cœur bienfaisant.*

Un menton plat annonce un *tempérament froid.* (Voy. *pl. XXVII.*)

Lorsqu'il est mou , charnu , à deux étages , il indique la *sensualité.*

Un petit menton dénote la *timidité.*

Un menton rond , avec une fossette , annonce la *bonté.*

DES JOUES.

Des joues charnues dénotent souvent un *appétit sensuel.*

Lorsqu'on y remarque un certain enfoncement triangulaire , signe infaillible d'*envie* et de *jalousie.*

La *rudesse* et la *brutalité* y impriment des sillons grossiers.

DES CHEVEUX.

Des cheveux courts, noirs, rudes, cré-
pus, supposent un *caractère peu irritable*,
souvent *dénué de sensibilité*.

Des cheveux blonds et doux annoncent
le contraire, ils dénotent presque toujours
la *douceur*.

Un contraste frappant entre la couleur
des cheveux et celle des sourcils doit ins-
pirer la défiance.

DU COU.

Un cou alongé annonce un *caractère lent*.

Lorsqu'il est court et gros, il dénote
l'*homme colérique*, surtout si les veines en
sont très-apparentes. (Voy. *pl. XXII.*)

Nous ne nous étendrons pas davantage
sur l'expression particulière des traits de la
physionomie ; plus bas, joignant l'exemple au précepte, nous acheverons de ras-
sembler les caractères de chacun de ces
traits.

I

N° I.

C'est en vain que l'on chercherait sur cette physionomie l'expression de la franchise ; ce menton un peu pointu, lorsqu'il s'associe à des yeux petits et rusés, dénote un défaut de sincérité. Cette bouche oblique n'offre pas un caractère de bonté, et les lèvres serrées décèlent l'avare ; l'ensemble de ces traits constitue la physionomie d'un vieillard rusé, menteur, enclin à l'avarice et dont le caractère est ferme jusqu'à l'opiniâtreté.

La démarche d'un tel homme doit être vive ; il parlera lentement et avec circonspection, car la défiance fait le fonds de son caractère.

N° I I.

CETTE physionomie est celle d'un homme susceptible de beaucoup d'habileté dans les affaires ; la partie supérieure de la tête est fort élevée, marque caractéristique et toujours certaine du calculateur, de l'homme profond ; il réussira dans les sciences qui demandent de la précision, de la profondeur et une application soutenue : il pourra être bon géomètre, mais jamais il ne sera poète ; jamais il ne s'élevera jusqu'au sublime ; cependant on ne trouve point dans ces traits la fermeté et la sévérité qui caractérisent la physionomie N° XV ; le tempérament sanguin y domine plus et semble indiquer quelque penchant pour les plaisirs, et souvent il négligera ses affaires pour s'y livrer.

3.

N° III.

Au premier coup d'œil on remarque dans cette physionomie un caractère de probité ; cette bouche exprime à la fois la bonhomie , la finesse et l'expérience ; ce menton un peu proéminent et triangulaire caractérise un esprit ferme , sans entêtement, et un cœur bienfaisant. Le front et le nez n'offrent rien de grand , une trop grande cavité les sépare , cependant ils dénotent l'esprit : cette bouche , dont la fente est droite et le bord des lèvres peu apparent , désigne toujours l'homme appliqué, ami de l'ordre et de la propreté.

Nº I V.

Amour de l'ordre , esprit méthodique, ponctualité , voilà les caractères que présente cette physionomie ; cette bouche resserrée , dont le bord des lèvres ne paraît pas , annonce un esprit appliqué , ami de l'ordre ; la partie inférieure du visage , un peu enfoncée , promet un homme discret , modeste , grave , réservé ; un ouvrage ne saurait l'affecter , à moins d'être clair et méthodique ; il ne s'élevera jamais jusqu'à l'invention poétique , ni ne franchira les bornes d'une scrupuleuse ponctualité.

Son écriture sera petite et bien rangée, sa démarche lente et grave ; ses discours seront dépourvus de feu, mais ils seront clairs , concis et pleins de bon sens.

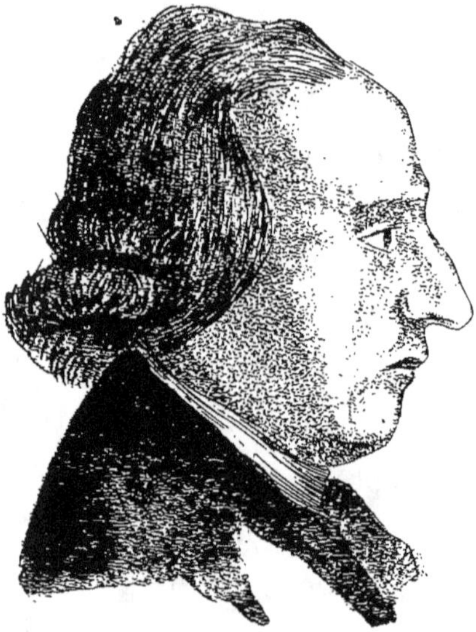

N° V.

Esprit lourd , borné , opiniâtre , igno-
rance grossière , voilà les caractères irré-
cusables que porte cette physionomie. Il est
à remarquer que , toutes les fois qu'avec
un pareil nez s'associent des lèvres épaisses , on doit s'attendre à un caractère obs-
tiné; et à plus forte raison, si avec cela le
front est perpendiculaire , et surtout si
l'occiput , au lieu d'être voûté , présente
une concavité, à ce dernier trait peut s'ap-
pliquer ce principe général , que *toute concavité remarquable dénote la faiblesse de
l'organe qui y répond.*

N° V I.

C'est l'ivrognerie qui a défiguré ce visage, chacun de ses traits dénote ce vice; la nature n'avait pas formé ainsi ce nez; ces lèvres, ces rides, tout exprime une soif insatiable; ce regard a perdu l'énergie qu'il devrait avoir.

L'homme adonné à la boisson a presque toujours le nez et les joues rouges, et souvent les paupières sont bordées de cette couleur; en général sa peau est flasque et ridée, et particulièrement dessous le menton.

6.

7

N° V I I.

La profondeur, le goût, la sensibilité, la finesse, sont empreints sur cette heureuse physionomie ; le menton saillant désigne un esprit actif, énergique ; les sourcils presque horizontaux et serrés dénotent un caractère mâle et vigoureux ; le nez, dont l'épine est large, semble annoncer des qualités supérieures ; l'os de l'œil assez proéminent promet de la sagacité pour les travaux de l'esprit ; l'ensemble de ces traits ne laisse apercevoir aucun vide, aucun côté faible, et on peut attendre tout de celui qui porte une semblable physionomie.

Nº VIII.

La dureté se peint dans ces traits ; les rides qui avoisinent les yeux, et surtout celles qui se trouvent à la naissance du nez ; l'angle saillant que forme la partie inférieure des joues, près de la bouche, tout annonce un caractère dur et dénué de toute sensibilité : la proéminence du menton marque une certaine énergie, et la forme du front annonce un esprit froid et réfléchi, mais elle ne promet nullement un caractère docile.

8

N° I X.

Cet œil animé, cette bouche qui décèle du penchant au plaisir, ce teint vermeil, ces sourcils doucement arqués, caractérisent l'homme sanguin. Les sanguins ont ordinairement la physionomie animée, expressive, des yeux souvent bleus et toujours vifs; la nature semble les avoir négligés du côté des forces physiques, pour les combler des plus précieuses qualités de l'esprit : ils s'émeuvent facilement, peu de chose les afflige, mais aussi un instant suffit pour les consoler. Comme les traits de leur visage expriment toujours leurs sentimens intérieurs, il leur serait difficile de feindre; ils ne sont pas vindicatifs; leur ame est toujours ouverte aux douces émotions de la pitié et de l'humanité, l'amour surtout les maîtrise puissamment, mais on peut leur reprocher l'inconstance.

9

26

N° X.

Ce front indique une disposition de passer du génie à la folie ; au premier coup d'œil on y aperçoit des ressorts trop tendus ou plutôt une espèce de contraction intérieure. Cette observation devient bien plus solide lorsque le sinus frontal se termine en pointe , marque presque certaine de folie.

L'homme qui a une telle physionomie parlera vîte ; ses discours seront en désordre et peu suivis, et souvent il sera distrait ou absorbé dans une profonde rêverie.

N° X I.

Un caractère capable de grandes choses,
un patriotisme digne de l'ancienne Rome,
un courage héroïque, voilà ce qui distingue
cette physionomie ; mais l'on y remarque
que si elle promet beaucoup, elle annonce un homme sujet aux faiblesses de
l'humanité, un homme que la fougue des
passions, qu'un faux point d'honneur en-
traîneront souvent au-delà des bornes de la
raison. Ce nez aquilin, courbé à sa racine,
indique un naturel impérieux et fougueux;
le défaut de cavité suffisante à la base du
front et le peu de saillie de l'os de l'œil
annoncent que la réflexion le ramenera
avec peine dans le bon chemin lorsqu'il
s'en écartera.

II.

Nº XII.

Ce profil annonce à l'observateur la tête
d'un philosophe ; c'est en vain que l'on y
chercherait le courage et encore moins cet
héroïsme qui produit des actions d'éclat,
puisqu'il est incompatible avec le contour
du nez qui n'a rien de tendu, avec le
trop grand enfoncement qui se trouve à
la naissance du nez ; on remarque,
cependant, sur cette physionomie, un
sentiment délicat qu'il est facile de blesser,
un esprit philosophique et profond.

Nᵒ X I I I.

Des contours charnus, arrondis, sans
aucune tension, des sourcils minces, éle-
vés, des lèvres molles et épaisses ; voilà les
principaux traits qui distinguent les fleg-
matiques : ils ont presque toujours des
yeux bleus privés de vivacité, leur tête est
souvent ronde, leur peau blanche et peu
colorée : ils ont ordinairement des cheveux
blonds ou châtains qui se bouclent naturel-
lement ; leur front arrondi annonce un esprit incapable d'énergie ; ils sont très-
souvent d'une taille carrée et avantageuse,
ils ont de l'embonpoint ; la nature semble
avoir formé leur corps aux dépens de l'esprit, car ses fonctions et même celles du
corps s'exécutent avec lenteur.

N.º X I V.

CE front carré promet une vaste mémoire et beaucoup de bon sens, mais sa perpendicularité annonce une certaine inflexibilité de caractère qui peut dégénérer en opiniâtreté ; la lèvre inférieure qui déborde un peu et ce menton plat sont les marques d'une froide et sincère bonhomie. Cette physionomie est celle d'un homme prudent et clairvoyant ; ses productions n'atteindront jamais au sublime, il n'aura pas en partage le génie poétique, mais résolu par caractère, il fera face à tout, il tiendra une place distinguée dans le conseil ; on pourra surtout l'employer dans des recherches et discussions laborieuses.

31

N° X V.

UNE telle physionomie appartient à un homme né pour les affaires; ce front n'est certainement pas celui d'un poète, ou de l'homme dont l'imagination fougueuse est emportée au-delà des bornes de la froide raison; ce front élevé et arrondi vers le haut, promet un esprit rassis, froid, ré-fléchi; le nez annonce la fermeté; la bou-che offre un caractère de bonté, mais les lèvres fortement prononcées indiquent une légère teinte colérique; le menton doit ins-pirer la confiance : un tel homme semble être formé pour être essentiellement utile, homme d'affaires, avocat, négociant; il sera toujours également respectable par sa droi-ture et sa probité.

.15

16.

32

N° X V I.

PROFONDEUR, fermeté, jugement, ce sont les caractères les plus marquans de cette physionomie ; la constitution osseuse de cette tête annonce un esprit ferme qui ne se laissera pas facilement ébranler ; ce qu'il aura une fois saisi ne lui échappera plus, il ira toujours droit au fait ; il disposera ses matériaux avec soin, avec réflexion, mais sans goût : le front est trop chancré et cette concavité fait un tort infini au caractère.

Cette physionomie convient particulièrement à l'homme voué par état à des affaires litigieuses, à un intendant, par exemple.

N°. X V I I.

CETTE physionomie annonce le censeur sévère ; n'attendez de lui aucune indulgence pour les folies des hommes, il les regardera avec pitié lorsqu'ils s'écarteront du bon chemin ; son regard scrutateur devinera leurs pensées, et il ne craindra jamais de leur dire la vérité. Cependant cette bouche n'annonce pas le parleur ; au contraire, il pensera beaucoup et parlera peu : la forme du front caractérise un homme doué au plus haut point des facultés intellectuelles ; son esprit sera cependant méthodique, et la raison sera son guide : les sourcils caractérisent un penseur profond, et la forme peu régulière du visage promet un esprit original.

17.

Nº X V I I I.

QUELLE sévérité dans ces traits ! ce beau front annonce un esprit né pour la réflexion. Rarement cette bouche s'ouvrira pour parler, et plus rarement encore le sourire l'égaiera : l'ensemble de la physionomie, et surtout le nez, a une teinte de noblesse, de grandeur et d'austérité ; elle porte aussi l'empreinte d'une bonté réfléchie ; par les traits extérieurs on peut juger de l'ame : si un tel homme pouvait avoir des défauts, ce seraient l'avarice et la défiance qu'on lui reprocherait.

N° X I X.

QUEL caractère odieux que celui de l'a-
vare ! égoïste, dur et soupçonneux, la
moindre perte l'afflige, et, pour lui, un bien-
fait serait une perte ; les soucis le suivent
partout ; son regard exprime constamment
la défiance ; tout, jusqu'à ses gestes et sa
démarche, le décèle : souvent les avares ont
des yeux petits et enfoncés ; leurs lèvres
sont ordinairement fortement prononcées
et pressées l'une contre l'autre ; leurs dents
sont laides, probablement parce qu'ils
tiennent communément la bouche fermée
et que les vapeurs de l'estomac y séjour-
nant, en détruisent l'émail : il est remarquable que presque tous écrivent mal ; cela
n'est pas étonnant, car plus de soin dis-
trairait leur esprit du but principal, qui
est d'amasser des richesses.

3 *

19.

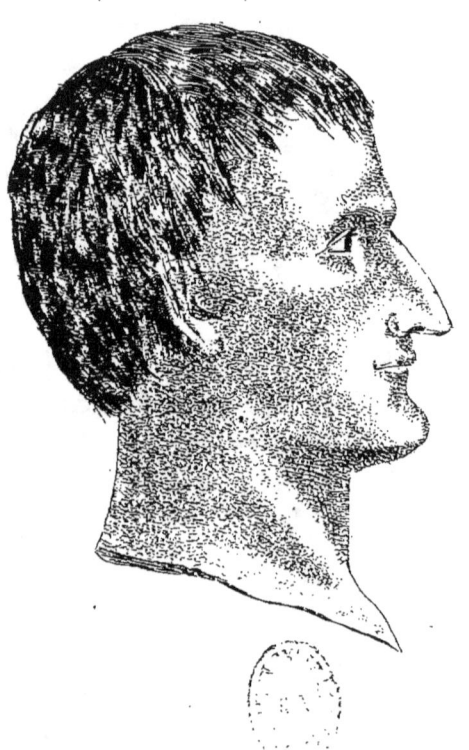

N.º X X.

On remarque dans cette physionomie les indices d'un génie extraordinaire. Ces formes , sans être trop anguleuses ni trop roides, présentent des traits décidés qui annoncent une grande force de caractère; le nez seul promet un esprit supérieur; la position des sourcils et ce menton un peu avancé en saillie caractérisent l'énergie, et la forme du front, parfaitement heureuse, annonce le génie et un caractère à la fois réfléchi et actif : il est impossible que l'homme en qui tous ces traits seraient rassemblés ne fût un héros.

N° X X I.

Bonhomie, jovialité, envie d'obliger ;
voilà les traits principaux de cette heureuse physionomie. Ce front ne dénote pas
le génie, ni même un esprit profond, mais
au moins il promet un esprit solide et
ferme. La forme du nez, le menton et la
bouche doivent inspirer la confiance.

- Les rides de ce front n'annoncent pas les
inquiétudes de l'esprit et le trouble de l'ame ;
elles sont les traces ineffaçables de la vieillesse ; celles qui sont produites par les pre-
mières causes sont plus profondes, interrompues et s'approchent des yeux par leur
milieu, en décrivant un demi-cercle.

N° X X I I.

Les traits qui caractérisent l'homme
colérique sont très-marqués; presque toujours il a les sourcils épais, la pointe du
nez aiguë, très-souvent des yeux verts et
toujours vifs, les paupières rouges, le globe
de l'œil à fleur de tête; la paupière supérieure se retirant vers le haut, et dispa-
raissant presque entièrement. Il a des nar-
rines larges, marque d'une respiration
forte; son front est couvert de protubérances irrégulières, ses vaisseaux sanguins
sont très-apparens, et la couleur de sa
peau varie du jaune au rouge, presque
toujours il a le cou extrêmement court;
ce dernier trait est celui qui dénote le
plus sûrement l'homme colérique.

N° X X I I I.

C'est inutilement que l'on chercherait dans cette physionomie le caractère du génie ; on n'y trouvera que la patience, la froideur, l'opiniâtreté : on y apercevra un caractère ferme, difficile à manier, un esprit assez juste, mais peu pénétrant; de la bonté sans chaleur, de la fidélité sans tendresse, ou plutôt de la fidélité par habitude. La rondeur du front annonce la patience, et le peu de distance qui sépare l'œil du nez ne promet pas un esprit clairvoyant.

23.

24.

N° X X I V.

La candeur, l'ingénuité, la franchise
et la droiture caractérisent cette physionomie; jamais les vices, les passions et les
intrigues, n'imprimèrent la plus légère
trace sur ce visage. On ne doit point attendre de grands talens d'une telle physionomie, car la forme du front, trop arrondie,
sans exclure l'esprit, ne dénote aucune
énergie, mais elle annonce la douceur; le
menton indique une certaine timidité, et
la bouche promet un esprit tranquille et
ami de l'ordre.

N° X X V.

CE front penché en arrière, ces yeux noirs et pleins de feu, leur forme, et surtout celle de la paupière supérieure; ce nez aquilin, ce menton large et proéminent, tout caractérise l'homme fougueux. Le menton annonce qu'il sera entreprenant; le nez dénote une imagination ardente, des passions vives que la raison ne saura tempérer. Le front ne promet nullement un esprit réfléchi.

Lorsqu'entre les os des yeux ne se trouve pas une cavité, ou autrement, qu'ils ne forment pas une saillie remarquable, on doit s'attendre à un caractère impétueux et irréfléchi.

25.

26.

42

N° X X V I.

Le caractère le plus odieux se peint sur cette physionomie ; la fourberie, la sordide avarice, la méchanceté endurcie, ont défiguré ce visage. Ce sont ces vices odieux qui ont dérangé ces yeux et cette bouche : jamais, il est vrai, les muscles de cette figure, ni aucun de ses traits, n'exprimèrent la bonté, la sensibilité, on y reconnaîtra toujours le méchant et ce serait inutilement qu'il chercherait à cacher son ame sous le voile de l'hypocrisie : en vain sa bouche sourit, le reste de la physionomie la démentira.

27.

N° X X V I I.

On remarque dans cette physionomie un caractère d'amour-propre qui a dégénéré en pédanterie, un esprit présomptueux et une certaine vivacité que l'âge n'a pas tempérée, et qui se prononcera fortement lorsqu'on offensera son amour-propre; on y aperçoit cependant du bon sens et un jugement droit; la forme du front n'est même nullement incompatible avec l'esprit, mais ce sont les yeux, les narines et la bouche qui caractérisent le pédant.

N.° X X V I I I.

On reconnaît dans cette physionomie
celle d'un fripon : la capacité et la forme
de ce front promettent cependant un esprit réfléchi et même profond ; ce nez saillant, ce menton avancé et pointu , caractérisent l'homme fin, entreprenant et rusé;
enfin , l'ensemble de ces traits compose
une physionomie répugnante, incapable
d'inspirer la confiance.

28.

29.

Nº XXIX.

CETTE physionomie promet beaucoup d'aptitude pour les arts, beaucoup de sensibilité ; on y remarque plus de goût que dans le Nº XVI, mais moins de fermeté et de constance ; il parcourra un champ plus vaste et il y planera à son aise ; s'il écrit, son style sera fleuri : il décrira les beautés de la nature, les agrémens de l'amitié, les douceurs de l'amour ; il fuira les discussions scientifiques, et les raisonnemens de la philosophie lui paraîtront arides.

N° X X X.

CE regard baissé vers la terre , les rides
longitudinales des joues, ces lèvres pressées, ces yeux sombres, tout annonce le
mélancolique ; il a souvent la bouche ren-
foncée, un teint bilieux, une peau sèche.
Il est à remarquer que les personnes de ce
tempérament ont presque toujours de laides
dents ; rarement on leur voit des yeux
bleus, mais très-souvent bruns; leurs cheveux sont ordinairement longs et plats ,
leur bouche communément fermée, et
c'est à cette cause que l'on peut attribuer
la laideur de leurs dents.

.31.

N° X X X I.

On reconnaît dans cette physionomie celle de l'homme enjoué et plaisant ; la bonne plaisanterie , l'épigramme , seront ses armes, il saura s'en servir avec esprit. Cette bouche , dont la lèvre inférieure se creuse un peu au milieu, le caractérise presque toujours ; on le reconnaît aussi à la distance qui sépare les yeux. Il faut distinguer ce caractère de celui du moqueur; dans celui-ci, les joues prennent une forme globuleuse et se rapprochent des yeux.

Nᵒ X X X I I.

On retrouve dans l'assemblage de ces traits un caractère de mélancolie remarquable ; on y aperçoit une humeur chagrine et lente. Ces yeux bleus, ces sourcils minces, l'épaisseur des lèvres, dénotent qu'à la mélancolie se joint une teinte flegmatique ; ce nez rabaissé annonce, ainsi que le front, beaucoup de jugement, mais il caractérise particulièrement cette physionomie et lui donne cet air morne. L'ensemble de ces traits promet un esprit tranquille, ami de l'ordre, et sur-tout du repos. L'état ecclésiastique lui conviendra particulièrement.